Lavinia Rebecca White

Ronny

Herstellung und Verlag:
BoD - Books on Demand, Norderstedt
ISBN 978-3-7412-0550-7

Ronny...Eine Legende..?

Nun ja ..wie war es denn Eigentlich mit Ronny..Wer war Ronny ?
Wollen wir doch erst einmal mit dem Anfang beginnen....
Ronny ist am 17.06 1979 in Offenbach geboren. Er kam morgens um 4.50 Uhr auf die Welt. Gleich zu Anfang hatte er schon Probleme... er wäre beinah am Fruchtwasser erstickt wenn die Ärzte ihn nicht schnell genug auf die Welt geholt hätten. Er zeigte der Welt den Po.
So kam er dann auch auf die Welt..ich denke mal, dass er das später so belassen hat. Als Ronny auf die Welt kommen sollte war es eine sehr schwere Geburt. Eine Steißlage. Es dauerte fast drei Tage bis er das Licht der Welt erblicken konnte. Und das auch nur weil die Ärzte ihm das Leben gerettet hatten denn er schluckte Fruchtwasser ohne Ende. So sagte man mir später. Ich war bewusstlos. Erst als ich das Absaugen aus den Lungen von ihm hörte wachte ich auf. Dann hörte ich ihn schreien. Er hatte so ein schönes Stimmchen das es einem erschüttern konnte. Nachdem er gründlich untersucht wurde hat man ihn in Tücher eingepackt und brachte ihn mir. Sie legten ihn auf mein Herz. Ich war so überglücklich als ich ihn sah .Ich fragte die Ärzte warum er so lange abgesaugt werden mußte. Die Ärzte sagten mir das er sehr viel Fruchtwasser geschluckt hätte, aber alle Untersuchungen ergaben nun das er völlig gesund sei.Ich nahm ihn und legte ihn in mein Arm. Er schaute mich mit seinen wunderschönen blauen Augen an. Und er hatte sein kleines Däumchen im Mund und lutschte daran herum als wenn er am verhungern wäre.

Ich schaute ihn so glücklich an. Und er schaute mich an, ich hatte den Eindruck das er sagen wollte ..Hallo Mama ich bin jetzt da..so und nicht anders kam es mir vor..ich war zu schwach um ihn lange zu halten ..Die Schwestern nahmen mein Sohn und legten ihn in ein Wärmebettchen.
Es war Rooming in angesagt..ich wollte Ronny keinen Augenblick aus den Augen lassen denn ich hatte wirklich Angst man könnte ihn stehlen.Und so war er Tag und Nacht bei mir. Ich versorgte ihn selbst sobald ich dazu wieder in der Lage war. Von da an hatte ich immer Angst es könnte ihm was passieren. Ich war so besessen von ihm das ich alles für ihn tat damit er bei mir glücklich ist. Denn ich wollte ihn nie loslassen. Am liebsten hätte ich ihn bei mir zu Hause gehabt ein Leben lang .. Als ich mit Ronny dann nach Hause kam war es zwar sehr warm es war ja schließlich Sommer.Trotzdem hatte ich Angst das Ronny sich erkälten könnte . Also machte bei 30 Grad Hitze den Nachspeicherofen an. Niemand durfte sich dem Zimmer von Ronny nähern ..Einmal klingelte der Postbote an der Tür so lange das ich furchtbar wütend wurde. Ich schnauzte ihn an was ihm einfalle würde so lange zu klingeln .Mein Sohn könnte wach werden. Ich schmiß ihn sogar raus und sagte er solle hier nie mehr klingeln.Wenn ich heute darüber nachdenke war ich ganz schön perplex so mit dem Mann umzugehen..Aber niemand sollte Ronny anrühren.Er war mein...So habe ich immer gedacht.Ich liebte ihn so sehr das ich alles um mich herum vergas .Selbst den Haushalt oder anderes.. Als er etwa 3 Wochen alt war legte ich ihn immer in den Kinderwagen und stellte ihn auf den Balkon damit er seinen Mittagsschlaf halten konnte. Ich stellte einen Wecker so aus Spaß neben ihm.Ein altmodischer Wecker der noch laut tickte. Ich beobachtete ihn wie er

wohl reagieren würde auf das Ticken..Und er reagierte auch schon. Er hörte das Ticken und hob sein kleines Köpfchen hoch und horchte genau wo das tickt oder wo das Geräusch wohl herkommt. Es war unglaublich. Er mußte wissen was das ist..Aber dann ist er eingeschlafen.Ich wußte von da an das er mal etwas mit knatternden Dingen oder später Autos zu haben würde.
Ronny wuchs heran.Er war ein sehr neugieriges Kind .Alles mußte er wissen. Als wir dann aus dieser Wohnung auszogen weil sie zu klein war nahm ich Ronny mit, die neue Wohnung anzuschauen.Er war inzwischen zweieinhalb Jahre alt.Er konnte perfekt sprechen .Als wir in den dritten Stock in der neuen Wohnung ankamen die noch völlig leer war ,lief Ronny in der Wohnung herum und sah sich um. Er sah die Wände ohne Tapeten und die leeren Zimmer. Dann sagte er ..komm Mama wir gehen wieder hier gefällt es mir nicht hier ist ja alles leer.Ich sagte dann zu ihm bald ist es nicht mehr leer mein Schatz . Wenn Du Dein Zimmer mit Deinem Spielsachen hier in Deinem Raum stehen hast wirst Du sehen wie schön es ist. Er sagte aber die Wände sind nicht bunt.
Ich sagte die Wände werden auch bunt werden und Du darfst mithelfen OK. Er sagte ich gehe zu Papa und frage ihn gleich ob ich ihm helfen kann . Er hat es dann begriffen und freute sich weil der Umzug mit einem Lastenaufzug der Firma meines Mannes gemacht wurde. So ging der Umzug recht schnell.Als dann die Möbel alle durcheinander da standen sagte Ronny ..das ist alles falsch..Ich beruhigte ihn und sagte das wird schon, warte nur noch ein bischen.Ronny hatte immer zwei Matchboxautos in der Tasche .Ohne die ist er nirgends mitgegangen.
Dann später als er fast vier Jahre alt war hatte er nur noch Autos im Sinn.

Matchbox Autos ohne Zahl. Und auch andere die er selbst zusammen gebaut hatte. Immer wenn ich mit ihm zum einkaufen ging kam er zu mir und sagte Mama kann ich mir neue Autos kaufen? Ich sagte ja gehe nur und hole sie Dir. Ein Geschäft Namens Rambo war die Kaufstelle meines Sohnes.

Dort kaufte er immer das allerneueste Modelauto zum zusammenbauen und natürlich die neuesten Matchbox Autos. Ob ferngesteuert oder nicht Ronny musste alle Arten von Autos haben.Wenn wir dann vom einkaufen kamen hatte ich eine Tüte voll eingekauftes und Ronny 2 Tüten voll.Zu Hause angekommen rannte er gleich in sein Zimmer und machte sich über die Autos her. Man sah ihn niemals mehr ohne Schraubenzieher. Er hatte immer Schraubenzieher in seiner Latzhose oben eingesteckt. Für alle Fälle.

Einmal sagte ich zu ihm ..Ronny fährst Du bitte zum Konsum und holst ein Päckchen Brot..Ja das mach ich sagte er..Ich wusste was jetzt kommen würde. Er fragte ..Mama darf ich mir vom Rambo Autos mitbringen nur ganz ganz wenige..ich lachte und sagte natürlich darfst Du das...Ich gab ihm 100 Mark damals. Ich tat das Geld in die Hosentasche mit einer Sicherheitsnadel befestigt .

Und so fuhr er los. Es waren ja nur zwei Straßen weiter. Er ging zuerst zum Rambo und kaufte alle möglichen Autos..Der Verkäufer rief mich an und sagte mir das Ronny einen haufen Autos gekauft hätte ob das in Ordnung sei.Ich sagte ja das ist in Ordnung. Er hat ja am nächsten Tag Geburtstag. Und so kam Ronny schleppend und schnaubend nach Hause. In den Händen zwei Tüten voller Autos. Ich fragte ihn... Ronny wo ist denn das Brot ..Da sagte er ganz trocken ..für Brot hat es nicht gelangt...ich lachte weil ich wusste das es so kommen sollte.

Nach einigen Wochen waren wohl die Autos nicht mehr so wichtig da wollte er andere Dinge kennen lernen. Einmal als ich eine Steckdose auf dem Boden liegen ließ fragte er mich ob er diese mal ausprobieren dürfe.. Ich fragte ihn was willst Du denn tun.? Er wollte es mir gerade sagen da klingelte es an der Tür. Die Post kam und ich hatte keine Zeit ihm zuzuhören. Auf einmal krachte es in der Leitung.. Ich habe mich so erschrocken. Ich glaubte es sei etwas explodiert. In Panik nahm in Ronny an die Hand und rannte mit ihm vor die Tür. Die Wohnungstür war zugefallen und ich konnte nicht mehr rein. So mußte ich zum Nachbarn gehen damit ich meinen Mann anrufen konnte. Der kam dann und ist mit dem Lastenaufzug der Firma über den Balkon der glücklicherweise offen war dann in die Wohnung und hat mir die Tür geöffnet. Ich fragte ihn was hat hier so geknallt ? Er wollte es mir gerade sagen da meinte Ronny ganz ruhig ich wollte mal sehen wie das ist wenn man in die Steckdose pinkelt..auf einmal hat es geknallt.. Aber ich mache es nie mehr..Ich stand wie angewurzelt da und konnte nichts mehr sagen.Mein Essen in der Küche war schwarz angebrannt.Aber da Ronny unbedingt wissen wollte was Strom ist hat er niemals aufgegeben es selber festzustellen.Er stocherte mit dem Schraubenzieher in der Steckdose herum sodass er mal beinah einen Schlag bekam. Jetzt hatte ich genug . Ich machte alle Steckdosen so zu das man nur noch schwer drehen mußte um da ran zu kommen. Trotzdem war seine Wissbegierde nicht zu bremsen., Von nun an machte er aus Milchtüten die er von innen nach außen drehte ‚Schiffchen. Er machte Motoren die er selber bastelte. Er hatte sie dann irgendwie an den Schiffchen angebracht und dann fuhren die Schiffe tatsächlich mit einem kleinen Motor..Die Badewanne war Tagsüber nur für Projekte meines Sohnes da.Als er

ein wenig älter wurde ist er dann des öftern mit seinem Vater und Brüdern spazieren gefahren.
Aber kaum war er zu Hause kam er zu mir und fragte Mama der Rambo hat ganz neue Modelle bekommen kann ich mir eins kaufen .. Ich gab ihm das Geld und er holte sich dann das Auto.Er bastelte daran herum bis alles an ihm stimmte. Nun fehlte eine Fernbedienung .Also kam er nochmal und sagte er brauche eine Fernbedienung. Ich sagte zu ihm Du hast Dir doch nur ein Modell Auto gekauft ? Ja sagte er aber ich habe es umgebaut. Jetzt brauche ich noch eine Fernbedienung.Na dann hole sie Dir sagte ich ..
Und so hatte er sein erstes selbstgemachtes ferngesteuertes Auto gebaut. Von nun an hatte er sich nur noch auf Autos konzentriert die er selber bauen konnte...Er machte sogar die Motoren selbst. Wie er das mit seinen fünf Jahren geschafft hatte ist mir unbegreiflich. Von nun an hieß es Motoren und Autos aller Art die seiner Vorstellung entsprachen zu kaufen. Und er schaffte es auch jedesmal uns davon zu begeistern.
Wenn Weihnachten vor der Tür stand kam er zu mir und besprach was er sich so wünschte. Er fragte nach dem Weihnachtsmann und wann er käme. Als ich ihm erklärte das er so viele Kinder zu beschenken hätte aber er würde Ronny auf keinen Fall vergessen. Das glaube ich sagte er aber wie kommt er denn hier mit seinen Rentieren herein. Ich erklärte ihm das die Rentiere auf dem Dach landen würden .Und der Weihnachtsmann dann durch den Kamin kommt. Er meinte dazu ..wie soll das gehen? Wir haben doch keinen Kamin ? Glaube mir dann ist einer da wenn er kommt sagte ich . Aber da mußt Du schlafen. Es half alles nichts ich musste ihn davon überzeugen damit er noch ein wenig an den Weihnachtsmann glaubt. Und so machte ich mit meiner

Tochter Evelyn einen Plan wie man Ronny überzeugen könnte. Ich sagte zu Ronny er solle seinen Wunschzettel schreiben und wenn er fertig ist soll er ihn auf den Balkon legen und dann warten wir bis es dunkel wird dann wirst Du sehen das der Wunschzettel von ihm geholt wird. Und so machte er es auch.Er saß dann den ganzen Tag auf der Lauer um zu sehen wann der Weihnachtsmann die Wunschzettel von ihm und seiner Brüder und Geschwister holen würde .Da wir ganz oben wohnten war über uns der Dachboden. Und so machte ich mit Evelyn den Plan das sie auf dem Dachboden gehen soll um einen dünnen Faden herunterzulassen an einer Art Angelschnur. Wir hatten natürlich schon alles tagsüber vorbereitet .Wir hatten Ronny aus dem Zimmer gelockt damit wir die Wunschzettel an den Faden hängen konnten .Und das taten wir dann auch. Als es sehr dunkel war klingelte ich mit einem kleinen Glöckchen ganz leise. Das hörte er. Ich sagte zu ihm und meinen anderen kleineren Kindern ..Hört Ihr, da ist der Weihnachtsmann auf dem Dach der holt jetzt bestimmt die Briefe ab, legt Euch an den Rand des Balkons, aber im Zimmer so seht Ihr was passiert. Er lag gespannt am Boden und wartete ab . Er beobachtete genau was nun passierte. Ich zog am Faden .Das sollte das Zeichen sein das Evelyn am anderen Faden ziehen sollte um die Wunschzettel emporzuheben. Das geschah dann auch und klappte einfach toll. Ronny sagte schau mal Mama die Briefe verschwinden in der Luft.Nun brauchte ich mir keine Sorgen mehr zu machen das Ronny nicht mehr an den Weihnachtsmann glauben könnte .Trotzdem stellte er dann am nächsten Tag noch viele Fragen ..Wie er denn so viele Kinder beschenken könne in einer Nacht und so weiter.. Ich kann nicht mehr sagen was ich mir alles einfallen ließ um ihn davon zu überzeugen das alles seine Richtigkeit im Himmel hatte. Ich glaube ich hatte ihn dann überzeugt.Weihnachten war für mich und auch für meine Familie immer etwas ganz besonderes . Wenn ich Weihnachten mit Ronny vergleichen, müßte gäbe es für mich keinen Unterschied. Weihnachten und Ronny gehörten für mich zusammen. Deshalb habe ich ihn auch mit Geschenken überhäuft . Nicht nur weil ich ihn liebte sondern weil er für mich so eine Art Geschenk Gottes war . Ich hatte immer meine Freude an ihm.

Nun kam die Zeit das e zur Schule gehen sollte. Er bekam alles was er brauchte. Aber er tat mir so Leid als er morgens noch fast im Dunkeln zur Schule ging. Es war ja nur um die Ecke aber er wirkte immer müde ..Doch die Schule machte ihm dann später Freude. Zu Anfang gab ich ihm immer zu seinem Frühstück Geld mit damit er sich etwas zu trinken kaufen konnte . Denn gegenüber der Schule war ein Kiosk wo man alles bekam . Einmal rief mich die Lehrerin an ich solle doch mal mit Ronny reden. Ich fragte warum denn.? Ja sagte sie er steht einfach auf und verläßt die Klasse um gegenüber am Kiosk sich zum trinken oder Süßigkeiten zu kaufen und diese ißt er dann langsam am Kiosk und dann kommt er zurück in die Klasse. Ich sagte ich rede mal mit ihm.

Als Ronny nach Hause kam fragte ich ihn warum er so was macht und das es auch nicht richtig ist einfach die Klasse zu verlassen um essen oder trinken zu gehen das könne er doch auch in der Pause machen. Da sagte er nur ..Aber Mama ich hatte doch gerade dann Hunger.Ausserdem war es langweilig da dachte ich mir bis die Lehrerin zuende geredet hat könnte ich doch was essen gehen.Ich konnte nicht anders als zu lachen. Doch er mußte mir versprechen so was nicht mehr zu tun sondern nur in der Pause zum Kiosk zu gehen um sich dort etwas zu kaufen. Also unterließ er es dann auch .Er

war so ein braves Kind ich brauchte niemals mit ihm schimpfen .Er war lieb und gütig .Er war mein ganzer Stolz .
Und so vergingen die Jahre. Ronny war inzwischen 12 Jahre alt und in Sachen Autos schon so schlau das es unnötig war ihm auch nur das kleinste Detail zu erklären. Im Gegenteil .Er erklärte uns was Sache ist ...
Einmal als er von einem Schulausflug nach Hause kam rief er mich unterwegs an ich solle nicht vergessen das er ja Geburtstag hätte. Ich sagte zu ihm wie könnte ich das vergessen. Er sagte denke daran ich möchte eine große Torte Moorenköpfe Modellautos ,ein Fahrad und lauter andere Dinge noch..
Ich hatte ihm alles gekauft und einen großen Tisch gedeckt denn ich wußte das seine Freunde heute kommen sollten um mit ihm seinen Geburtstag zu feiern.
Es wurde ein schönes Fest .Er freute sich über sein schönes Fahrad und all die Dinge die er bekam .Gegen Abend machte er sich über seine Modell Autos her.
Ich weiß nicht wie viele Autos er inzwischen hatte aber es waren unzählige denke ich.
Er hatte seine Eigenarten. Zum Beispiel wollte er immer sein Kakau Fläschchen haben als er noch sehr klein war. Er liebte Kakao .Mit zwei Jahren hatte er sich angewöhnt immer Nachmittags
nach mir zu rufen um sein Kakau zu bekommen.Eher wollte er nicht aus seinem Bettchen raus.So ging es noch Jahrelang später dann mit etwa 4 Jahren legte er sich auf dem Balkon in den Liegestuhl und wartete bis ich ihm sein Kakau brachte.Ich mußte ihn zudecken und seine Händchen lings und rechts hinlegen und ihm dann ganz genüsslich sein Kakao geben. Er war außerdem genauso lauffaul wie ich als Kind ..Also schob ich ihn im Kinderwagen noch lange denn das gefiel ihm sehr.

Ronny standen Mützchen so gut das ich jede Woche zwei oder drei Mützchen für ihn kaufte er sah so süß darin aus. Und wenn es dann wieder das erste mal schneite stand er morgens an meinem Bett und sagte mir was er sich alles zu Weihnachten wünschen würde..Ich sagte zu ihm geh in Dein Zimmer und male was Du Dir wünschst dann können wir alles später besprechen ..Das tat er dann auch .Sein Wunschzettel war immer der längste.Vorallem mit den neuesten Modellen von Autos jeder Art.
Er war vollkommen darin aufgegangen in dem Gedanken jemals Automenchaniker zu werden das sah man ihm genau an. Er liebte es, an Autos herumzubasteln. Ich gab Hunderte und Hunderte von Mark damals aus um ihm eine Freude zu bereiten .Ronny war für mich mein Leben ich liebte ihn so sehr das keiner es sich vorstellen kann ....
Ein paar Jahre vergingen und er hatte dann einige andere Motoren-Interessen . Er war jetzt 15 Jahre alt. Er fragte mich einmal ..Mama ich möchte gerne ein Mofa haben. Ich fragte ihn kannst Du denn damit umgehen ?.. Er sagte Marco Sidis (das war sein bester Freund) hätte ein Mofa und er wäre schon damit gefahren .Es würde großen Spaß machen damit herum zu fahren .Also kaufte ich ihm ein Mofa. Aber ich hatte nicht bedacht das Ronny ein Schrauber war. Sofort wurde vor der Haustür eine halbe Werkstatt aufgebaut. Ein Arzt der im Erdgeschoß seine Praxis hatte musste über Schrauben, Ölflaschen, Schraubenzieher und dergleichen gehen um ins Haus zu kommen.
Im Keller, der sehr modern war hatte Ronny für sich ein Werkraum oder Bastelraum oder auch Feierraum gemacht. Ich habe es ihm erlaubt das er dort seinen Freiraum hat .Und so zog er mit Marco Sidis immer mit dem Mofa los.Einmal kam er erst gegen 22.30 Uhr nach

Hause. Ich habe Todesängste ausgestanden.Wir alle dachten schon es wäre as passiert .Doch dann kam er wie immer mit schmutzigen Öligen Händen und hat sich entschuldigt das er so spät käme aber das Mofa ist nicht angsprungen ,so sagte er damals .Ich habe ihm eine Ohrfeige (mehr aus Reflex)gegeben weil ich solche Angst um ihn hatte.
Das war das einzigste mal das ich Ronny eine Ohrfeige gegeben habe .
Ansonsten habe ich das nie gemacht. Und als ich dann noch erfuhr das es wirklich so gewesen war, wie Ronny es erzählte das das Mofa nicht angesprungen sei tat es mir in der Seele weh das ich ihm eine Ohrfeige gab.
Ich nahm ihn in den Arm und entschuldigte mich bei ihm.Es tat mir so Leid denn Ronny mußte man nicht schlagen denn er war einfach ein liebes Kind.
In jeder Weise. Als alles wieder in Ordnung war sagte ich ihm wenn so was nochmal passiert das Dein Mofa nicht anspringt dann rufe uns an OK.
Ja mache ich sagte er. Und gleich darauf lächelte er mich an ich wußte aber was das bedeutete er brauchte wieder Geld für Autos oder sein Mofa.Also schlug er vor mit mir Karten zu spielen. Er grinste weil ich meistens verlor. Und so hatte er mir dann 150 Mark abgeluchst.. Ich wollte weiter spielen aber er sagte das er keine Zeit mehr hätte er müsse zum Marco.Sie wollten noch Teile kaufen gehen.
Naja sagte ich dann bis später . Seine Antwort darauf war...ich solle üben damit ich nicht dauernd soviel Geld an ihn verlieren würde. Er lächelte und ging..
Bald hatte er dann für kurze Zeit ein anders Hobby. Kanu fahren im Main.
Also ging er mit Danny (das war auch ein sehr guter Freund von ihm) fast täglich zum Kanu fahren an den Main .Dort hatte er viel Spaß. Am Nachmittag kam er

nach Hause. Hungrig wie ein Wolf. So war er glücklich. Immer was zu schauben und frei zu sein . Immer was zu tun an Autos oder Mofas ..Dann kam sein 16. Geburtstag. Ronny fragte ob er auch mal ein Gläschen Bier trinken dürfe.
Wir erlaubten es. Dann kam eine lustige Katastrophe. Ronny war betrunken, lachte und war fröhlich. Er lief in der Wohnung herum. Und er fiel dann vom Balkonfenster auf den Balkon. Nicht auszudenken wenn da kein Balkon gewesen wäre. Wir lachten uns alle schief .Das war ein Bild ..Unglaublich.
Als mein Mann genug hatte und sah das er nur herumwackelte sagte er komm ich bringe Dich ins Bett es ist besser wenn Du jetzt mal ein wenig schläfst . Als Ronny die Katze von uns sah sagte er dann andauernd Katze Katze .Er hörte gar nicht damit auf. Sein Vater legte ihn hin aber er stand wieder auf .,. Und rief Katze Katze..Naja wir lachten und endlich schlief er ein. Den nächsten Morgen erfreute er sich an Kopfschmerzen und Übelkeit . Als ich ihn fragte willst Du noch ein warmes Bier? Sagte er ich trinke niemals mehr Alkohol.....

Mir fällt ein das Ronny als er etwa 10 Jahre alt war bei uns um die Ecke kam und ihm ein Pfeil entgegen direkt in sein Auge flog. Mein Sohn Andre hatte auf dem Hof Indianer gespielt und so ist es dann passiert. Ein Jahr zuvor hatten ein Sohn von einer Familie Ostertag sinnlos Flaschen aufgeschmissen genau dort wo der Kinderspielplatz ist .Wenn die Kinder dann Barfuss liefen hätten sie sich die Füße zerschnitten .Aber es gibt wohl solche Menschen die nicht normal sind und sich daran erfreuen wenn andere Leiden.Als ich das sah rief ich vom Balkon aus das sie damit aufhören sollen. Plötzlich kam Ronny vorbei und prompt bekam er die Zersplitterten Glasstücke in sein Auge.

Es war ganz blutig und sah fürchterlich aus. Ich hatte solche Angst um ihn.
Wir fuhren sofort mit ihm in die Mainzer Universität. Dort wurde er bis vier Uhr Morgens operiert. Als er aus dem OP kam schlief er noch fest . Die Ärzte sagten uns das sie getan haben was sie konnten .Aber die Regenbogenhaut wäre teils angegriffen. Das heißt er müßte nach abheilen in die Schweiz .Dort sind Ärzte die, die Naht verschieben können damit er nicht ständig eine Naht im Sehnerv hätte denn das würde ihn stören und er würde dann später immer an Kopfschmerzen leiden.Und nach einem Jahr machte sich sein Vater auf den Weg mit ihm in die Schweiz .Die OP ging gut aus.Und Ronny konnte wieder ganz gut sehen. Keine 100 % mehr aber so etwa 50 bis 60 % sagten die Ärzte .Als ich mich mit der Mutter des Flaschenwerfers anlegte, sagte diese noch zu mir ich würde lügen das würden ihre Söhne gar nicht tun.Und das bei einer angeblichen Freundschaft das wir mit ihnen hatten .Die Frau war 4 Kilometer entfernt und behauptete das ich lügen würde .Für mich war die Freundschaft beendet Die Zeit verging da bekam Ronny sein Abschlusszeugnis .Es war sehr gut .Es stand für ihn fest das er Automechaniker werden wollte denn das war sein Leben .Vorerst wollte er aber sein Leben genießen .Er liebte es nach der Schule schwimmen zu gehen mit all seinen Freunden .Und wenn er sich ausgetobt hatte dann kam er wieder nach Hause und hatte einen fürchterlichen Hunger .Meistens aber am Abend kam er mit ein par Freunden und plünderte die Wüstchengläser die ich für ihn bereit hielt denn ich wußte das er diese Würstchen sehr mochte .
Die mußte ich immer vorrätig haben weil er so gut wie jeden Tag Würstchen aß.

Nun kam die Zeit das er einen Job suchen sollte .Und so verschaffte mein Mann ihm eine Stelle bei einer Dachbedeckungs Firma in Kelsterbach. Aber es gefiel ihm nicht .Also hörte er dort auf .Er bewarb sich bei einer Auto Firma aber dort mußte er eine Ausbildung haben .Die hatte er natürlich nicht .Er war sehr enttäuscht darüber das er nicht dort arbeiten konnte .Jetzt hing er zum erstenmal herum .Er bastelte an seinem Mofa und so weiter..
Zusammen mit Marco ist er den ganzen Tag unterwegs gewesen .Um sein Mofa einzufahren wie er es nannte. Eines Tages fragte er mich dann mal ob er schon in die Disco gehen dürfe.Sie war ja bei uns in der Stadt und ich kannte sie von früher weil ich mit meinem Mann auch des öfteren dort war.Ich erlaubte es ihm .Es gefiel ihm dort und so ging er alle Wochenende ins Saint Germain in Kelsterbach .Eines Tages ist mir dann zu Ohren gekommen das er eine Freundin hat ..Sie hieß Pia .Ich wollte sie unbedingt kennen lernen .
Für mich kam damals nur eine Prinzessin in Frage .An einem Samstag dann kam er nach Hause und brachte sie mit.Sie war ganz hübsch .Aber ich hatte es mir anders gedacht .Er sollte erst einmal sein Leben genießen und dann später sich eine Frau aussuchen .Und so kam es wie es kommen mußte .Wir bekamen die Wohnung gekündigt weil Ronny im Keller im so laut Musik machte und angeblich hätte er Feuer gemacht.Dies war aber nur eine Lüge von dem Arzt der da unten seine Praxis hatte .Die Umstände zur Kündigung der Wohnung führten waren Ronny s laute Musik unter der Praxis.So war es dann jeden Tag laut im Keller .Da sstörte natürlich die Behandlung von den Patienten die zum Beispiel ein EKG bekamen oder wenn sie mal ein Belastungs EKG machen mußten da hüpfte förmlich das Medizinische Gerät mit.Und wenn der Arzt den Leuten

den Blutdruck messen wollten dann hüpfte das Blutdruckgerät fast vom Tisch .So laut war Ronny's Musik im Keller .Ich hörte es selber weil ich gerade beim Arzt saß und so rief er mich zu sich und sagte ich solle bitte in den Keller gehen und Ronny sagen das er die Musik leiser machen soll.Seine Freunde machten Ärgernisse wie zum Beispiel Stinkbomben die sie vor der Haustür legten .Die es dann unmöglich machten in das Haus zu gehen vor Gestank.Zum anderen hatte Ronny ja das Mofa und an diesem bastelte er natürlich herum .Von Morgens bis Abends .Der Vorplatz war so von Öl verschmiert das die Patienten bald ausrutschen um in das Haus zu gelangen. Eines Morgens als Ronny mal in den Keller gehen wollte hatte man bei Ihm eingebrochen und alle seine CDs, Anlagen Autos und alles gestohlen was er hatte. Das hatte ihm fast das Herz gebrochen. Ich wußte wer es war aber man konnte nichts beweisen. An diesem Abend saß er in seinem Zimmer ganz alleine und er sah so traurig aus. Ich versuchte mit ihm zu sprechen und ihn zu trösten. Ich sagte ihm ich kaufe Dir alles neu das verspreche ich Dir .Er sah mich mit fast verweinten Augen an und sagte.Mama der Persönliche Wert....meine ganze Arbeit und Freude die ich an all den Sachen hatte...Nicht für alles Geld der Welt ist das zu ersetzen ...

Ich war froh das wir dort ausgezogen sind.Mittlerweile war er 17 geworden und er verstand sich mit Pia sehr gut .Für mich war es schwer .Aber ich war dennoch froh das ich aus dieser Stadt endlich verschwinden konnte .Pia hatte ja schon einen Führerschein und fuhr sehr gut Auto.Ich fuhr bei ihr mit .Wir zogen nach Mörfelden in ein Haus das hatte zwei Wohnungen .Oben eine dreizimmer Wohnung mit einem riesigen Bad, Balkon.Und im Erdgeschoss war eine Zwei-

Zimmer Wohnung mit Ausgang in den Garten. Die bekam Ronny mit Pia.
Am 15. November 1995 sind wir dort eingezogen. Ich war davon überzeugt, dass Ronny dort mehr als glücklich war denn er hatte den ganzen Hof nebst Garten belegt.zum einen mit seinen Autos die er reparierte , zum anderen für sich und Pia und seinen Freunden Wir haben dort Abends gegrillt und auch gefeiert .Ronny blühte dort auf. Er war glücklich .Er hatte vergessen was man ihm antat. Dann eines Abends kam er zu mir und sagte ...Mama ich bin richtig froh das wir hier wohnen.hier kann ich Autos reparieren im ganzen Hof ..Ich sagte nichts dazu weil ich wußte das dies sein Leben war.
Er war glücklich. Er hatte seine Freunde und seine Autos und Pia die dazu beitrug das er alles hatte was ihm sonst noch fehlen könnte .Im kommenden Sommer habe ich dann einen großen Swimming Pool gekauft .Da war es noch schöner.
Ronny war immer vorher im Pool bevor er die Autos von seinen Freunden reparierte .Dann war er an einem Auto interessiert das sehr sportlich aussah.
Da er ja inzwischen den Führerschein gemacht hatte konnte er natürlich erst recht herumrasen. Er fand es toll wie er sagte. Er kaufte sich ein Auto - E-Kadett dunkelblau Metallic.Von Stund an saß er jede Minute in dem Auto und bastelte daran herum. Baute dieses und jenes ein und aus. Bis es fertig war. Dann eines Nachmittags sagte er zu mir ..Ich fahre jetzt das Auto ein .Also bis später .Ich machte das Tor auf und ließ ihn rausfahren .Es hatte einen tollen Klang .Es
dauerte bis in den nächsten Morgen als er sich dann am Telefon meldete .Es war vier Uhr Morgens als er anrief und sagte Mama mach schnell das Tor auf die Polizei

ist hinter mir her . Ich rannte die Treppen herunter und machte das Tor auf.
Schnell kam er angerast ..das Tor schnell wieder zu und wir gingen dann ins Haus als wenn nichts gewesen wäre .Im Haus fragte ich ihn dann , was ist los ? Warum ist die Polizei hinter Dir her ..Er lachte und sagte nur ..Ach die habe ich nur Ärgern wollen sonst nichts..Ich weiß bis heute noch nicht warum die Polizei hinter ihm her war..Er ging schlafen und kam dann Mittags zu mir um zu essen.Pia war arbeiten bei ihren Eltern .Sie hatten eine Sanitär und Heizungsbau Firma. Sie kam immer Abends nach Hause und ging gleich zu Ronny .Der hatte aber des öfteren nur mit seinen Autos zu tun.
Einmal hörte ich wie sie sich gestritten hatten .Da sagte er zu ihr ..Wenn Du nicht hier wärst könnte ich den unteren Teil wo Du schläfst abreissen und mein Auto direkt in die Wohnung fahren. Sie war darüber so erbost das sie den Abend verschwand.Aber sie kam wieder .Und dann haben sie sich wieder vertragen.
Ich lachte nur über diese Bemerkung die von ihm sicher sogar Ernst gemeint war Ich stellte mir vor wie es wäre wenn Ronny den unteren Teil des Hauses abreissen würde um sein geliebtes Auto dort zu parken. So wohnten wir ein paar Jahre dort.Und waren alle sehr glücklich .Dann kam der Vermieter und wollte das Haus verkaufen .Wir mußten ausziehen .Für ein Mann der nie genug von Geld bekommen kann wäre es nicht nötig gewesen uns alle aus diesem Haus zu werfen. Es gab keinen Grund dazu. Ich konnte diesen Mann nicht leiden ,schon immer war das so, weil nicht nur ich der Meinung war das er seine Arbeiter nur ausnutzte .
Er war schlimmer als Dagobert Duck in den Micky Maus Heften.Dieter hat dort seine Gesundheit vertan vor lauter Arbeit . Mit einer schlechten Bezahlung.

Ich musste nun meinem Sohn sagen das wir leider ausziehen müssen weil das Haus verkauft werden soll .Er sagte nur sehr traurig Oh Mama wo soll ich denn mit den ganzen Autos hin ich habe ja keine Werkstatt und auch keine Wohnung:
Ich versprach ihm zu helfen eine Werkstatt und eine Wohnung zu finden.
Mein Mann suchte auch eine Wohnung für ihn. Aber es war sehr schwer. Bis er eines Abends kam und sagte das sie eine Wohnung gefunden hätten .Ich weiß bis heute noch nicht wo diese Wohnung war ,weil ich es eigentlich gar nicht wissen wollte denn ich wußte nun verliere ich meinen Sohn. Mit dem ich hier so glücklich war.Inzwischen bot man uns auch eine Wohnung an in der Berliner Strasse 20 in Mörfelden. Wir nahmen die Wohnung. Am Tag des Auszuges kam Ronny zu mir und nahm mich in den Arm. Er tröstete mich mit traurigen Augen.
Ich weiß in meinem tiefsten Herzen das er so gerne dort bleiben wollte denn er war glücklich und liebevoll zu jedermann .Aber nun kam der Abschied .Ich wußte nicht das mit diesem Abschied ,auch ein Abschied für immer sein würde..Ich hoffte nur das er dort wo er jetzt wohnen wollte so glücklich sein sollte wie bei mir zu Hause.Als wir in unserer Wohnung eingezogen waren sah ich ihn ein paar Monate nicht mehr aber er rief immer Mittwochs an .Mit seinen Worten Ja ich bins Mama der Ronny ....ich freute mich immer sehr auch sein Anruf.Kein Mensch kann sich vorstellen wie sehr ich ihn liebte.Er fehlte mir schon sehr .
Mittlerweile sind dann nach ein paar Monaten mein Sohn Ritchy und Danny zu Freunden gezogen weil sie dort den Hausbau von ihren Freunden mit aufbauen helfen wollten. Da war ich dann mit Dieter ganz alleine.Ich wußte ja das sie wiederkommen würden

doch die Zeit war sehr Lange .Acht Monate mußte ich warten .Dann plötzlich am dritten Tag stand Ronny vor der Tür. Er sagte Mama kann ich bei Dir wohnen solange die beiden weg sind ich habe keine Wohnung mehr.Mir war das mehr als Recht .Ich freute mich sehr darüber .Und von Stund an kümmerte ich mich um Ronny wie eine Glucke. Er kümmerte sich auch um mich .Als er Abends zu seinen Freunden ging und später nach Hause kam brachte er mir des öfteren was zu essen mit .Un das gegen 23.00 Uhr. Ein Indisches oder thailändisches Essen setzte er mir vor. Aber ich muss sagen es schmeckte mir nicht sonderlich. Ich bat ihn nichts mehr zu kaufen wenn er nach Hause käme denn so spät kann ich nichts mehr essen. Das tat er dann auch. Wir hatten eine so wundervolle Zeit als er bei meinem Mann und mir wohnte. Ich war so glücklich wie noch nie in meinem Leben.Ich behütete ihn so sehr aber ich hatte immer Angst das ihm jemals was zustoßen könnte .Dann nach etwa acht Monaten kamen meine Söhne zurück .Da wir nur eine dreizimmerwohnung hatten mußte ich natürlich mit Ronny sprechen und ihm sagen das er nun eine Wohnung oder Zimmer suchen möge denn drei Erwachsene Menschen könnten nicht in so einem kleinem Zimmer leben. Zumal sich Ritchy und Ronny nicht so gut verstanden.
Er sah mich an und nahm es hin aber er war sehr traurig darüber .Es tat mir sehr weh.Doch ich wußte ja keinen anderen Ausweg.Ich hatte nur das Gefühl das er gar nicht weg wollte .Das fragte ich ich ihn auch .Er sagte ja ich würde gerne bleiben..ich machte ihm dann einen Vorschlag das er vorläufig auch der Couch schlafen könne die im Wohnzimmer steht, bis er er etwas passendes gefunden hätte.Als er dann nach ein paar Wochen nach Hause kam sagte er das Pia für die beiden

was gefunden hätte .Und so zog er dann aus .Er ist dann nie mehr zu uns gezogen .Man berichtete mir nur das es ihm gut gehen würde .Und das bestätigte er mir alle Mittwoch selber mit seinen Anrufen.Es vergingen ein paar Monate da geschah ein großes Unglück in unserem Leben.Meine Tochter Evelyn ist mit ihrem Auto schwerst verunglückt .Ronny kam zu mir und sagte ..Mama es ist was schlimmes und was gutes passiert..was denn fragte ich .? Er erzählte mir dann von dem schweren Unfall den Evelyn hätte ..Als ich mich dann erkundigte sagte man mir im Krankenhaus das es schlecht um sie stehen würde.Ich betete das der Herr sie retten möge .Desweiteren fragte ich nach der guten Nachricht.

Er sagte mir das er Vater geworden sei. Er hätte eine Tochter. Ich wußte gar nicht ob ich mich jetzt freuen sollte oder traurig sein wegen Evelyn. Ich sagte zu ihm lasst mich bitte jetzt für einen Tag allein und wenn es Dir recht ist komm mit Deinem Kind zu mir das ich es sehen kann.Er sagte na und ob ich das mache..

Ronny sah glücklich und traurig zu gleich aus .Und als der Tag kam wo er mit seiner kleinen Tochter kam nahm ich das Kind und sah es an. Ich hatte einen schlimmen Verdacht. Ich glaubte zu wissen das es nicht sein Kind wäre. Aber das konnte ich ihm nicht sagen. Jedenfalls vorläufig nicht .Er sah so überströmend glücklich aus.

Er hatte ja nun eine Familie. Er hatte ja Pia geheiratet und sollte eigentlich glücklich sein. Glücklich zeigte er sich aber nur wenn er das Kind in seinen Armen hielt.

Nachdem einige Wochen um waren und meine Tochter sich von den ganzen Operationen erholt hatte kam sie gleich zu mir. Sie hatte das Kind noch nicht gesehen. Ich freute mich sehr das sie auf dem Weg zur Besserung war .Als Ronny mit dem Kind zu ihr kam sah auch sie

das dieses Kind nicht von Ronny sein konnte.Sie rief mich an und sagte mir ihre Meinung dazu. Ich sagte ja Du hast Recht ich wollte ja nichts dazu sagen aber es ist doch merkwürdig..
Dann nahm ich mir vor Ronny davon zu erzählen was ich und Evelyn dachten.
Als ich es ihm sagte wollte er es nicht glauben .Er dachte wahrscheinlich, dass wir uns das einbilden würden.Aber anscheinend dachte er auch darüber nach ließ aber dennoch keinen Test machen .Bis das Kind älter wurde und er sah das seine Ehe auch nicht mehr die beste war hatte er sich entschlossen den Vaterschaftstest machen zu lassen wo festgestellt wurde das er nicht der Vater war von diesem Kind .
Für ihn gab es nur noch eines .Er hatte die Scheidung beantragt .Trotzdem mußte er sich mit der Liebe das er für das Kind empfand und mit der Scheidung auseinandersetzen.So etwas gefiel ihm gar nicht denn er war ein sehr gefühlvoller Mensch .Er wollte es nicht hören das etwas nicht in seinem Leben stimmte .Und er konnte auch nicht damit fertig werden.So hatte er dann angefangen mehr zu trinken als ihm gut tat .Diese Enttäuschung mit seiner Frau und auch das er von uns ausziehen mußte damals waren schon innere Betrübnisse für ihn die er kaum verkraften konnte .Da war zum einen die Enttäuschung und zum anderen die Wut...Und so war sein Schicksal dann vorherbestimmt das in einem furchtbaren Unglück endete.Aber dazu später....
An einem Abend 2013 gegen 22.00Uhr ging das Telefon.Als ich abnahm war Ronny dran .Er sagte mit einer so überglücklichen Stimme...Mama ich bins der Ronny..Ich sagte ja ich weiß mein Schatz..? Er sagte Mama ich bin der glücklichste Mensch auf der ganzen Welt ? Ich fragte warum denn? Er sagte ich habe eine

eigene Autowerksatt gefunden.Dort kann ich auch wohnen .Die Wohnung ist oben drüber das gefällt mir sehr .Ich habe das gefunden was ich schon immer in meinem Leben wollte.
.Ich sagte das freut mich für Dich mein Sohn .Ich fragte ihn bist Du nun glücklich? Er antwortete ja Mama glücklicher kann ich gar nicht werden.Ich komme mir vor wie im Himmel.Ich habe jetzt alles was ich je wollte und brauche.Du weißt doch selber wie sehr ich mir das gewünscht habe .
Ich sagte das ist ja wunderbar.Ich sage es dem Papa damit er Dich besuchen kommt und Deine Werkstatt sieht .Oh ja sagte er..Also dann bis bald...
Eine Zeit verging und bei Ronny schien alles gut zu gehen. Er stellte Leute (ich nehme an Freunde) ein .die aber leider nicht verläßlich waren .Selbst mein ältetster Sohn Andre nicht .Auf ihm war leider auch kein Verlass.Und so mußte Ronny alle Arbeit selber machen.Das führte dazu das er seine Geundheit hängen ließ .Er hatte leider von meinem Mann die Zuckerkrankheit geerbt .Und er wollte sie nicht akzeptieren. Er hatte einfach keine Zeit und auch kein Geld mehr sich Insulin zu kaufen denn da er jetzt selber versichert war mußte er alles selbst bezahlen. Und so ist er dann mehrmals zusammengebrochen .Die angegriffenen Nieren fingen schon an nicht mehr richtig zu arbeiten weil er sein Insulin nicht nahm oder keine Zeit hatte. Alles musste er allein machen. Und so schlief er tagsüber und nachts arbeitete er. Aber er schaffte es nicht. Und so musste er die Werkstatt aufgeben. Das brach ganz sicher sein Herz .Tottraurig rief er mich an und bestätigte mir diese Wahrheit .Ich fragte ihn was machst Du jetzt ?Er sagte ich ziehe erst einmal zu Freunden dann sehen wir weiter.Alles mußte er abgeben alle Geräte die wichtig für die Werkstatt waren.Wie ich

dann später erfuhr hat irgend jemand der bei ihm arbeitete wichtige Reparatur Maschinen kaputt gemacht und keiner meldete sich das er es war.So mußte er dann allein die Reparatur auf umständliche Art und Weise die angefallenen Autoreparaturen vornehmen .Tagsüber war er so müde und des Nachts arbeitete er dann.
Trotzdem er alles tat um die Firma die er so liebte zu halten schaffte er es nicht und nun mußte er alles aufgeben .Ich hörte dann Monatelang nichts mehr von ihm.Ich wußte nicht mal wo er wohnte .Mein Mann und ich machten uns schreckliche Sorgen.
Dann eines Tages rief uns unsere Tochter an und sagte das Ronny zusammengebrochen sei .Ich fragte warum ? ..Was ist passiert.?..Sie konnte nicht recht antworten und sagte sie weiß es noch nicht .Nur das er in die Uni nach Höchst gebracht wurde .Nach ein paar Minuten rief ich dort an und der zuständige Arzt sagte mir das Ronny eine sehr schwere Lungenentzündung hätte und das es schlecht aussähe .Er würde im Koma liegen .Dann erhob der Arzt seinen Ton und fragte barsch hat denn keiner gesehen wie schwer krank Ihr Sohn ist ?..Ich konnte nichts dazu sagen ,und so antwortete ich das ich ihn seit Monaten nicht gesehen hätte .Er meldete sich auch nicht bei uns .Selbstverständlich machten wir uns Sorgen um ihn weil wir nicht wußten wo er war.Er sagte nur schroff ...nun jetzt wissen Sie ja wo er ist.Er liegt hier im Koma .Wie es dazu kam müssen Sie selber wissen , oder später erfahren.In diesem Satz war ein Vorwurf .Jedenfalls verstand ich das so. Der Arzt sagte mir dann das Ronny
während des Einsatzes im Rettungswagen drei mal bewußtlos wurde und er dreimal aufgehört hätte zu atmen dadurch kam es zum Sauerstoffmangel im Gehirn. Ich fragte den Arzt was hat das zur Folge ? Er sagte wir werden sehen .Ich gehe jetzt zu ihm und

versuche ihn aus dem Koma zu holen dann rufe ich Sie an .Nachdem wir mehr als nervös hier in der Wohnung herumliefen rief der Arzt uns nochmal an .Und sagte uns die schreckliche Wahrheit .Ihr Sohn hat durch den Sauerstoffmangel im Gehirn völlig die Gehirntätigkeit verloren .Was heißt das fragte ich ? Das heißt das Ihr Sohn nichts mehr mitbekommt ?Er lebt nur noch in Trance .Das ist ein Wachkoma Zustand .Kommt er da wieder raus fragte ich .Er sagte nein .In seinem Gehirn sind keine Gehirnströme mehr zu verzeichnen .Es ist völlig schwarz keine Reaktion mehr das bedeutet das Ihr Sohn ein schwerer Pflegefall wird bis zu seinem Tod.Er kann nie mehr essen oder sich selbst bewegen oder aufstehn .Er weiß nicht mal das er existiert .Er wird eines Tages sterben weil sie Funktionen seines Gehirnes keine Signale mehr raussenden an seine Körperfunktionen .Auch müsse er an eine Atmungsmaschine angeschlossen werden die ihm helfen würde zu atmen .Als ich das hörte brach die ganze Welt für mich zusammen denn ich liebte meinen Sohn sehr. Ich weinte unaufhörlich und dachte mir warum ausgerechnet Ronny. Er war für mich mein liebstes Kind. Man sagt so so etwas nicht aber ich sage es und ich denke mal das meine anderen Kinder es verstehen. Sie wissen es. Trotzdem liebe alle meine Kinder doch Ronny war für mich und meinen Mann immer etwas ganz besonderes gewesen. Er konnte schon mit zwei Jahren perfekt sprechen und auch sonst war er anderen Kindern in dem Alter weit voraus. Und nun soll ich ihn nicht mehr wieder sehn er wird ein Pflegefall sein..Wie geht es jetzt weiter dachte ich .Nachdem dann einige Wochen herum waren rief der Arzt nochmal an und sagte das Ronny nun ausser Gefahr sei er hätte die Lungenentzündung überstanden .Und eine kleine gute Nachricht hätte er noch denn

Ronny konnte ohne Atmungsgerät atmen .Ich freute mich so sehr darüber das ich weinen mußte ich schöpfte wieder Hoffnung das er es eines Tages auch schaffen würde vielleicht in einem Rollstuhl leben zu können .Ich würde alles dafür tun dachte ich so in meinem innern ..Dann sagte der Arzt noch ich dürfe aber nicht vergessen das er ein Leben lang an Schläuchen und Appararten angeschlossen bleiben müsse um überhaupt leben zu können .Das die Atmungsmaschine abgesetzt wurde hat nichts großartiges zu bedeuten .Trotzdem würden die Lebenserhaltenden Maßnahmen bleiben .Er sagte dann, dass das Krankenhaus für eine guten Pflegeplatz sorgen würde.Ich bekam das alles nur noch halb mit denn ich mußte mich setzen ich habe nur noch geschrien und geweint. Mein Herz tat so weh das ich glaubte sterben zu müssen.

Nun wartete ich nur noch ab.Mein Mann stand mir zur Seite aber ich war nur noch am weinen .Ich konnte nicht mehr schlafen oder essen ich existierte nur noch .So kam ich mir vor .Mein Leben war völlig dahin.Ich wollte nicht mehr leben ohne Ronny .Ich dachte nur noch was wird noch kommen ,was noch ..?

Nach ein paar Wochen kam der Anruf vom Krankenhaus das man einen Pflegeplatz gefunden hätte .Und der Termin stand auch fest.Irgendwie war es für mich eine Beruhigung denn ich mochte Krankenhäuser nicht und so malte ich mir aus das sie Ronny wohl kaum irgend ein Blick zuwenden würden oder ihm mal die Hand halten.Was auch immer. Nun hatte ich Hoffnung geschöpft das er irgendwann wenigstens im Rollstuhl sitzen könne. Da ich selber nicht zu meinem Sohn konnte aus Krankheitsgründen war ich immer auf die Aussagen meiner Tochter Evelyn und dem Pflegepersonal später angewiesen.Evelyn bemühte sich sehr um Ronny. Obwohl es eine stundenlange Fahrt bis

zu ihm war ist sie fast Täglich zu ihm gefahren und tat was sie konnte um ihn irgendwie aufzuwecken oder Anteilnahme von ihm zu erlangen.Sie machte Bilder auf ihrem Handy die ich dann auf meinem PC sehen konnte. Als ich die Bilder sah erschrak ich so sehr denn was ich da sah konnte ich nicht begreifen.
Ich sah in seine Augen .Sie sahen so furchtbar leer aus .Ein Bild des Schreckens kam in mir hoch .Ich stellte mir Ronny vor als er noch ein kleiner Junge war während ich ihn ansah .Ich sah nur ein kleines liebliches Kind das Lebenslustig durch sein Leben ging und mir und meinem Mann immer sehr viel Freude bereitete .Er war damals so hübsch anzusehen ...
Und nun lag er da und starrte leer aus seinen wunderschönen blauen Augen die nichts hergaben als nur....lasst mich sterben. Er hatte ganz verbissene Lippen und blutig .Ich fragte dann was ist das ..und warum hat er so kaputtgebissene Lippen..?Man sagte uns das er das unbewußt macht .Jeden Tag biß er sich die Lippen kaputt. Ich war so erschüttert von dem was mit meinem Kind hier passierte. Warum das so war werde ich zu einem späteren Zeitpunkt erläutern. Jedenfalls sind von allen Besuchen bei meinem Sohn von meiner Tochter immer Bilder gemacht worden und ich sah sie dann an aber ich sah nur das Ronny ins leere starrte. In dieser Zeit des wartens und Bangens war unser aller Leben nicht mehr das selbe .Ich konnte es kaum erwarten das meine Tochter wieder vorbeikam und mir von ihm berichtete wie es ihm gehen würde .Für mich war es so schlimm das ich es kaum aushielt nicht bei ihm zu sein.Deshalb weinte ich mir die Augen fast aus vor Gram über dieses schreckliche Unglück..Meine Tochter kam und zeigte mir wieder erneute Fotos und Bilder auf ihrem Handy aber ich sah nichts was ich schon kannte. Doch sie war

zuversichtlich sie meinte das Ronny es schon schaffen würde er könne schon fühlen und man versuchte ihn zu füttern .Es wurden Übungen mit ihm gemacht aber er schlief und schlief.
Ronny war in Weilmünster in der Vitros Klinik .Im Nachhinein muß ich schreiben das Ronny dort schlecht behandelt wurde.Sehr schlecht sogar .Als ich das erfuhr haben meine Tochter und ich im Therapie Zentrum Riedstadt ein schönes Zimmer bekommen.Mit Klimaanlage .Dort haben sie sich alle um Ronny gekümmert .Man fing an ihn zu füttern und Übungen mit ihm zu machen den ganzen Tag lang. Er hatte sogar einen Fernseher im Zimmer. Die Luft war sehr gut und im Sommer gekühlt. Als man Ronny dort hinbrachte regten sich die Pfleger und Ärzte auf wie verwarlost Ronny aussehen würde.Und er hatte sogar eine Blutende Wunde am Kopf .Sein Fußnagel mußte ihn doch schmerzen weil er so krumm eingewachsen war .Sie badeten ihn gründlich. Cremten ihn ein und so schien er sich wohlzufühlen. Denn er biss sich nicht mehr auf die Lippen. Er hatte bestimmt großen Juckreiz überall denn er wurde in Weilmünster kaum gebadet nur abgewischt und wie man uns sagte einfach über den Kot geschmiert sodass er völlig Wund sein mußte.Doch den Kriterien im Internet voran , kann man hier davon ausgehen das man dort lieber nicht hingehen sollte ...
Ronny hatte es nun gut dort.Ich rief jeden Tag an und fragte wie es ihm gehen würde .Und Evelyn fuhr jeden Tag hin und beschäftige sich mit Ronny Stundenlang.Wir alle hofften das er eines Tages wenigstens im Rollstuhl leben könnte ,wie wir uns alle ausmalten ..
Doch dann eines Morgens gegen 8.30 ging das Telefon...

Meine Tochter rief völlig verstört an. Sie sagte Mama setze Dich bitte hin ich muß Dir was sagen .Ich glaubte schon an ein Wunder und das sie sagen würde das Ronny gesund wäre, aber sie sagte das Ronny heute Morgen einfach eingeschlafen ist. Er sei tot. Einfach gestorben....

Ich wusste nicht wie mir geschah.Ich sah meine Umgebung nur noch im Nebel ich bin so erschrocken und enttäuscht gewesen das es mir völlig das Herz brach.

Und von dieser Stunde an lebe ich in Gedanken das ich ihn eines Tages wieder sehen werde. Ich bin eine gläubige Christin und daher habe ich die Kraft gefunden das Leben ohne meinen geliebten Sohn zu leben. Dennoch ist es so leer. Ronny wird überall vermisst. Und wenn ich seine Lieder höre muß ich weinen .Ich mache mir Vorwürfe das ich nicht bei ihm war als er mich so gebraucht hat .Doch es war mir unmöglich bei ihm zu sein. Mein Herz tut heute noch so weh ich werde es wohl nie verwinden das Ronny nicht mehr da ist .Ich vermisse ihn so sehr das es weh tut .Wenn mein Mann mich auf den Friedhof fährt dann bin ich nicht inder Lage direkt an sein Grab zu gehen.

Ich bekomme Herzklopfen und denke dann immer nur an ihn, als er ein kleiner Junge war der mir mehr als Freude in meinem Leben gab .Er war ein sehr beliebter Mensch .Seine Freunde waren zutiefst erschüttert. Manche seiner Freunde sind bei der Beerdigung zusammengebrochen weil sie es nicht aushielten. Mein Mann und ich waren zu Hause am Tag seiner Beerdigung.

Das war das schlimmste was wir aushalten mussten.Ich bin sicher wenn ich dort gewesen wäre und müsste zusehen wie sie meinen geliebten Sohn Ronny in das Grab runterlassen mußten wäre ich tot umgefallen. Das hätte ich nicht mehr länger aushalten können .Mein Leben ist voller Trauer, trotzdem es schon über ein Jahr her ist .Ronny ist am 8. März gestorben und am 13 März ist er beerdigt worden .Es waren so viele Freunde von ihm dort das man sie kaum zählen konnte. Er fehlt mir so sehr.Und ich weiß nicht wann ich ihn wiedersehe ich glaube an ein Leben nach dem Tod .Und ich bin sicher das wir uns dann alle glücklich in die Arme fallen wenn alles mal vorbei ist.Wenn man einem Menschen so liebt wie ich meinen Sohn Ronny geliebt habe und immer noch liebe dann endet dieses Leben niemals ohne neuen Anfang mit den geliebten Menschen die uns schon vorraus gegangen sind um und später zu begrüßen.

Das ist für mich ein großer Trost .Aber das ich ihn so sehr vermisse kann ich nicht einfach abstellen. Er fehlt mir und meinem Mann so sehr. Ich schrieb diese kleine Biographie für meinen geliebten Sohn der immer in meinem Herzen leben wird. Du wirst leben auch wenn Du tot bist .Eines Tages werde ich Dich wiedersehen dann werde ich immer bei Dir bleiben und Du bei mir.Und ich muß niemehr Angst um Dein Leben haben denn Gott hat alle Tränen abgewischt und der Tod wird nicht mehr sein.

Und nun stehe ich hier und denke wie immer an Dich mit den Worten die mich trösten....

Im Himmel fehlt heute ein Engel ich nehme Dich mit zu mir, nur einen Moment um Dir näher zu sein, ich berühre Deine Flügel bis wir uns wiedersehn. Ganz tief in meinem Herzen werde ich Dich nie verlieren.

Ich schrieb diese kleine Biographie von meinen Sohn Ronny Ken Eric ..zum Gedenken an ihn.

In ewiger Liebe
Deine Mutter Ingrid